KB275154

푸른 섬, 하나 떠 있는

첫 시집을 내면서

오랫동안 마음의 가장 얇은 결을 스치고 지나가던 순간들, 말로 다 옮기기엔 너무 투명하고 침묵하기엔 지나치게 선명했던 감정들이 어느새 한 장 한 장 종이 위에 쌓여 작은 빛의 지층이 되었습니다. 그동안 저는 이 미세한 울림들을 붙들기 위해 여러 계절을 건너왔고, 때로는 무너지고 때로는 다시 서며, 마음 깊은 곳에서 조용히 흔들리던 것들을 끝내 놓아주기로 했습니다.

이 시집을 펴는 당신이 혹여 삶의 벼랑 끝에서, 혹은 아무도 모르게 기울어진 하루 속에서 한 줄기 온기를 찾고 있다면, 이 언어의 무늿결이 아주 작은 불씨처럼 당신의 마음 가장 따뜻한 자리 위에 내려앉기를 바랍니다. 상처를 감추지 않고도 아름다울 수 있다는 것, 흐린 날조차 멀리서 보면 은은한 빛을 품고 있다는 것을, 이 시집이 조용히 증언해 주었으면 합니다.

이제 저는 이 시의 고백을 떠나보내며, 당신의 눈길이 닿는 그 순간부터 이 시들이 더는 저만의 것이 아니라는 사실을 조용한 안도 속에서 받아들입니다. 당신의 아름다운 기억과 풍경, 당신만의 어둠과 희미한 희망이

이 문장들 사이로 스며들어 새로운 빛의 결을 만들어낼 테니까요.

　부디, 이 책이 당신의 내면을 살며시 두드리는 작은 손길이기를. 그저 그것이면 저로서는 더 바랄 것이 없습니다.

김혜원

차례

제1부

내 마음의 사숙(私塾)

내 마음 깊은 곳에는
세상 어느 지도에도 찍히지 않는
작은 사숙이 하나 숨어 있다.
그 문은 밖을 향해 열리지 않고
언제나 안쪽으로만 닫힌 채,
문지방을 넘을 때마다
나는 나를 가르치는 스승이 된다.
책상은 오래되어 삐걱거리지만
그 위에 놓인 질문들은
한 번도 낡은 적이 없고,
벽에 걸린 침묵은
어느 순간도 허투루 흐른 적이 없다.
이곳에서 나는
남에게 보이지 않는 상처를 필사하듯 베껴 쓰고,
지울 수 없는 후회를
천천히 문장으로 길들이며,
언제까지나 미완인 나를
다시 배우고 익힌다.

바람도 수업을 방해하지 못해
잠시 들렀다가 조용히 나가고,
햇살은 교과서처럼 페이지를 넘기듯
내 얼굴을 비춘 뒤 사라진다.
그리고 하루가 저물어
세상의 소음이 멀어지면,
내 마음의 사숙은
비로소 가장 깊은 수업을 시작한다.
그 수업의 제목은 언제나 같다.
어제보다 더 단단한 나,
어제보다 더 따뜻한 나.
그렇게 나는 오늘도
나만의 사숙에서
천천히, 그러나 끝내 멈추지 않는
나의 배움을 이어간다.

새벽을 쓰는 사람

주차장의 새벽은
늘 조금 어둡고, 조금 춥고,
조금 비워져 있어요.
나는 그 빈자리들을
부드럽게 쓸어 모으며 생각해요.
"이상하지,
난 이 일이 참 좋아."
차 한 대 없는 적막 속에서
내 빗자루는
마치 오래 익힌 노래처럼 움직이고,
사람들이 놓고 간 마음의 부스러기도
살며시 정돈되지요.
바닥에 내려앉은 먼지를 털어내듯
하루의 고단함도
슬그머니 걷혀가는 느낌,
그래서 나는
어둠 속에서도 손끝이 따뜻합니다.
누군가 말하더군요,

겨울 마당을 쓸 때
눈물이 난다고.
아마 지나간 서사가
아직 마음에 남아서일 거라고.
나는 그 마음을 이해해요.
여기, 주차장의 새벽을 쓸며
나도 때때로 오래된 이야기와 마주하니까요.
그렇지만 오늘도 나는
조용히, 천천히
내 일을 이어갑니다.
"응, 괜찮아. 난 이게 좋아."

휜

길가의 꽃 한 송이가 허리를 꺾었다.
그 휜 자리는 굴욕이 아니라, 천천히 새겨진 꽃의 언어.
세상의 거친 비바람 속에서 몸으로 쓴 시였다.
비는 무거운 침묵을 실어 나르고, 바람은 모진 질문을
던진다.
꽃은 대답 대신 옆으로 누워 향기를 내어놓는다.

사람 또한 그렇다. 곧게 선 날들이 있었으나,
세월의 필압은 깊고 집요하다.
우리를 굽히고, 비틀고, 마침내 한쪽으로 눕힌다.
그러나 그 기울기의 곡선에 견딤의 언어가 고인다.
그 언어로 쓴 엽서는 은은한 향기가 되어
꽃을 피운다.

새집

마을 어귀에 서면, 먼 옛날의 숨결을 품은 고목이 하늘을 떠받치고 있다.

천 년을 넘게 바람과 계절을 견디는 나무의 가장 높은 가지 끝—사람의 사다리는 닿지 못할 그곳에, 작고 둥근 새집 하나가 매달려 있다.

눈을 가늘게 뜨고 올려다보면, 마치 하늘이 자기 품에서 직접 빚어 올리는 듯한 집이다.

바람이 몰아쳐도, 먹구름이 뜯어먹듯 흔들어도, 그 집은 떨어질 줄을 모른다.

무게도, 못도, 끈도 없이, 도대체 무엇이 저 작은 집을 붙들고 있는 걸까.

아마도 천 년 동안 나무가 품어온 이야기가 지금도 집이 되고 있는 것인지 모른다.

새들의 가벼운 숨결과 날갯짓, 아침마다 모여드는 햇살의 눈부심,

그리고 아무도 듣지 못하지만 분명 흘러나오는 고목의 낮은 노래가

그 집을 공중에 떠 있게 하는 비밀일지도 모른다.

그래서일까.

나는 손닿지 않는 저 높이를 바라보며 문득 깨닫는다.

땅에 묶여 사는 우리와 달리, 저 작은 생명들은

바람을 믿고, 흔들림을 삶으로 삼고,

숨을 쉬는 것만으로도 집을 짓는다는 것을.

저 새집 하나가,

세상이 아무리 거칠게 흔들어도 쓰러지지 않는 마음의

형상처럼

오늘도 고요한 하늘 아래서 미세하게, 그러나 굳건히

떨리고 있다.

빛과 무늬

어둠의 가장자리에서
조용히 깨어나는 빛 한 줄기,
혀끝에 스치듯 부드러운 온기로
세상의 숨을 더듬는다.
그 빛은 곧 무늬가 된다.
어딘가 오래전 잃어버린 꿈에서
흘러나온 듯한 곡선,
누군가의 마음이 남긴 미세한 흔적,
그리고 말해지지 못한 이야기의 결.
나는 그 무늬를 따라
서서히 깊은 곳으로 걸어간다.
빛은 나를 부르지 않지만
항상 앞서 흘러가며
심연의 벽에 금빛 문양을 새긴다.
그리고 마침내,
한 점의 고요가 펼쳐진다.
빛이 무늬를 만들고
무늬가 다시 빛을 낳는

끝없는 순환의 자리.
그곳에서 나는 문득,
내 안에도 같은 무늬가 있다는 걸
아주 은밀히, 아주 천천히 깨닫는다.
빛은 밖에서 온 것이 아니라
오래전부터 내 안에서
조용히 깜박이고 있었음을.

아델레 블로흐 바우어[*]

그녀는 황금으로 짜인 시간 속에 앉아 있다.

그녀의 숨결이 금가루가 되어

공기 속에 잔잔히 흩어진다.

가늘게 모은 손끝은 말해지지 않은 비밀을 감싸고,

옷자락의 문양들은 그녀의 침묵을 대신해

찬란하면서도 슬픈 리듬을 새긴다.

눈길은 우리를 향하지 않지만,

그 시선 너머엔 시대와 욕망, 고독의 실이 얽혀 있는

보이지 않는 성소가 있다.

우리는 한 여인을 보는 듯하지만

사실은 황금이 품은 기억과 슬픔,

그 깊은 울림 앞에 서 있는 것이다

결국 깨닫게 된다.

황금이 그녀를 감싼 것이 아니라,

그녀가 황금을 빛나게 하고 있었다는 것을.

[*]클림튼의 그림, 〈아델레 블로흐 바우어의 초상화 I〉.

노숙자

도시의 새벽,
어둠은 식지 않은 숨을 내쉬고
그 한복판에서 이름 없는 그림자가 접힌다.
버려진 신문을 움켜쥔 손등 위로
가로등 불빛이 흔들릴 때,
세상은 잠시 그를 기억하는 듯하다.
그러나 그는 사라진 존재가 아니다.
한때 불렸던 이름의 잔향이
가슴속 작은 불씨처럼 깜박인다.
닫힌 문들 사이로 스며 나오는
가느다란 빛 한 줄기,
그것이 오늘 그를 다시 걷게 한다.
그림자를 어깨에 걸고
그는 천천히 이동한다.
누구도 읽지 못한 기도처럼,
발자국마다 존재의 문장이 새겨진다.

커튼

당신 마음 깊은 곳에
정체를 숨긴 커튼이 하나 있다.
빛과 어둠에 따라 불안하게 떨리며
자신이 어떤 색인지조차 모른다
사람들은 이유 없이 그 앞에서 덤춘다.
말끝의 떨림과 눈빛의 흔들림이
커튼을 스치고,
당신도 모르는 그림자가 순간 비친다.
커튼을 열면
잊힌 말들이 아직 떠 있고
이름 잃은 감정들이
어둡게 뒤엉켜 흔들린다.
갑자기 커튼은 오른다.
슬픔이 밀고
이해받고 싶은 바람이 건드려
당신의 말은 짧아지고
침묵은 과하게 해석된다.
밤이면 커튼은 투명해지고

당신을 닮은 형체들이
밀려 나오듯 떠오른다.
그들은 꿈의 언어로만 속삭인다.
인간의 커튼은
열리지도 닫히지도 못한 채
지속적으로 흔들린다.
누군가를 원하면서도
피하려는 모순 속에서.
그리고 지금
당신 안의 커튼은
아무도 모르는 속도로 흔들린다.
빛이 깨어나려 하는데
오직 당신만 그 이유를 모른다.

피아노

밤의 피아노가
자기 그림자를 건반에 누이면,
흰 음과 검은 음이 서로의 숨을 훔쳐
별빛의 결을 비밀처럼 빚어낸다.
어둠의 다섯 손가락이 울림통을 더듬을 때,
그 끝에서 피어난 소리는
달빛의 나이테로 방을 은밀히 둘러싼다.
피아노는 스스로 심장을 드러낸 채 떨고,
나는 그 떨림 속에서
나의 시간, 나의 존재가 희미해지는 것을 듣는다.
그 틈에, 건반 사이 작은 문이 열리고
아직 태어나지 않은 새들의 날개가 스친다.
나는 그 미지의 깃털을 따라
음표의 골짜기와 정적의 절벽을 건너며
피아노가 꿈꾸던 세계의 가장자리까지 닿는다.
그리고 알아차린다.

이 악기는 소리를 내는 것이 아니라
세계의 얇은 막을 살짝 비틀어
빛이 스며드는 순간을 부르고 있었다는 것을.

겨울 연지

겨울 연지에는
바람의 체온만이 희미하게 남아
얼어붙은 수면을 얇게 문지른다.
비켜선 갈대들은
제 몸의 기억을 잊은 듯
바람을 바라보다가,
문득 지나간 계절의 울음을 떠올린다.
연대궁만이 고요의 중앙에 서서
허물어진 그림자를 길게 드리우니,
그 그림자에 기대어 잠든 시간들은
아무도 모르게 스스로를 매만진다.
사람이 사라진 자리에는
눈발의 결만이 은근한 문장처럼 흘러
지붕의 내력과 기둥의 체념을 덧칠하고,
나는 그 흐릿한 문장 사이에서
한때의 숨결이 남긴 온기를 더듬는다.

겨울의 연지는
버려진 것이 아니라
자신의 깊이를 되찾으려 잠시 멈춘 듯하여,
나는 그 멈춤을 바라보며 생각한다.
모든 쓸쓸함은
결국 사라진 것이 아니라
되돌아올 자리를 준비하는 일이라는 것을.

비슬산에 가면

돌들이 먼저 말을 건다.
수천 번의 계절을 깎아 삼킨 침묵을
작은 균열 하나에 들려주듯
제 몸을 바람에게 내어준 채 서 있다.
길가의 잡목들은
겨울을 견딘 가지 끝마다
아직 피지 않은 빛을 살며시 매달고,
그 빛은 누구보다 느린 속도로
나의 마음을 따라 걷는다.
능선 가까이 오르면
안개가 가장 먼저 나를 알아보고
양 볼을 문지르며
내가 잃어버린 생각들을
작은 물방울로 되돌려 준다.
비슬산의 바람은
언제나 반쯤은 들뜬 숨,
반쯤은 가라앉은 회상처럼 불어와
사람의 마음속 감춰둔 결까지 읽어 낸다.

정상에 서면
멀리 대구의 지붕들이
마치 접힌 지도처럼 펼쳐지고
나는 그 굴곡 속에
내가 지나온 날들의 모양을 겹쳐 본다.
비슬산에 가면
세계가 잠시 투명해진다.
나무의 떨림, 바위의 온도, 바람의 문장들이
서로를 비추어 한순간의 진실이 되는 곳.
그 진실 앞에서
나는 비로소 조용해진다.
내 안의 무수한 목소리들이
한 음으로 모여
나를 숨 쉬게 하는 소리로 돌아온다.

송해 공원

송해 공원에 들면

물결이 먼저 그의 목소리를 기억해 낸다.

바람은 낮은 웃음의 결을 띠고

나무들은 가지 끝에 그의 발걸음을 매달아 둔다.

나는 연못가에서

그가 지나간 방향으로 시선을 보낸다.

그 부드러운 기척은 아직 물빛에 스며

빛처럼 흔들린다.

그는 떠난 것이 아니라

온기를 이곳에 두고 간 사람

그래서 이 공원은

지금도 그의 여운으로 사람들의 길을 비춘다.

갓바위

팔공산 갓바위
아버지를 보내고
나는 팔공산을 올랐다.
갓바위의 침묵은
수백 해의 비를 견딘 이마로
내 슬픔을 가볍게 품어 주었다.
그 아래서 두 손을 모으니
기도는 말보다 느린 그림자처럼
돌의 결에 스며들었다.
그때 알았다.
축원이란 이루어짐보다
남은 자의 다짐에 가까운 것,
잃은 마음을 다시 세우려
세상에 건네는 작은 숨이라는 것을.
나는 바람에 말했다.
아버지의 길엔 평온이 깃들고
나의 삶엔 부끄럼이 없기를.

대답은 없었으나
햇살이 돌 이마 위에서 천천히 깨어
잠시, 아주 잠시
아버지의 온기가 되살아났다.

지니

지니의 금속 입술에서
부서진 빛이 흩어지면
도시는 들리지 않는 말로 가득 찼다.
사람들의 침묵은
잠기지 않는 문처럼 흔들렸고
지니는 그 잔해를 삼켜
더 깊은 어둠을 토해냈다.
허공을 떠도는 문장들은
아무도 읽지 못한 채 사라지고
불통의 밤은
지니의 심장에서만 오래 울렸다.

옛집

마당 끝 느티나무 아래
바람은 늘 할머니의 걸음을 닮아
사각사각 먼 길을 돌아오곤 했지.
흙냄새 배어있던 툇마루 위에서
나는 밤하늘을 올려다보며
손바닥만 한 꿈들을 주워 담았고,
할머니는 등을 토닥이며
"이 집은 네 마음보다 먼저 지치지 않는다"
속삭이듯 말하곤 했다.
따스한 국수 한 그릇처럼
집안 가득 퍼지던 온기,
빨래 너는 손끝에서 흘러내리던 햇살,
그 모든 것이 나를 지켜주던
조용한 노래였다.
지금은 먼 시간의 강 저편에 있지만
가끔 눈을 감으면
낡은 방 안으로 금빛 먼지가 일고,
그 속에서 할머니의 미소가

여전히 나를 부른다.
그 부름 따라 나는 천천히 돌아가
익숙한 대문을 열어본다.
그곳에는 언제나
작고 따뜻한 나의 처음이
숨 쉬고 있다.

까망이

비가 세상의 모든 슬픔을 쏟아내듯 내리던 그 밤,

나는 창가에 기대어 어둠의 숨결을 듣고 있었다.

그때, 물에 젖은 골목의 심장 어딘가에서

가느다란 울음이 바늘처럼 내 귓가를 찔렀다.

한 걸음, 또 한 걸음.

우산의 테두리에서 떨어지는 빗방울이

마치 누군가의 오래된 기억처럼

내 발목에 맺혀 흐르다가 사라졌다.

소리는 쓰러져가는 담장 아래,

젖은 상자 속에서 떨고 있었다.

한 줌만큼 작은 온기,

세상에 던져지고도 아직 울음을 포기하지 못한 생명.

나는 그 작은 울음 앞에서

내 안의 어떤 문이 조용히 열리는 소리를 들었다.

손을 뻗어 들어 올리자

고양이는 허공을 움켜쥐던 발을 내 가슴에 얹었고

그 순간, 비는 조금도 그치지 않았지만

나는 이상하게도 따뜻해졌다.

집으로 돌아오는 길,
비 내리는 밤은 더 이상 차갑지 않았고
내 품속의 작은 심장은
세상을 다시 믿고자 하는 속삭임처럼
살포시, 그리고 확실히 뛰고 있었다.
그리하여 나는 그날 밤, 한 생명을 품에 안고
뜻밖의 집사가 되었다.
삶은 가끔 이렇게, 비바람 속에서조차 조용한 기적을 건
네는 법.

은비녀

은비녀를 닦는 순간, 금속의 결 사이로 할머니의 숨결이 새어 나와 방 안에 새 그림자를 키운다. 비녀는 때로 새벽의 초승달로, 때로는 잘린 머리카락 한 올의 틈으로 변해 나를 바라보고, 나는 그 틈으로 미끄러져 들어간다.

거기서 할머니는 여전히 등 굽은 별 하나로 떠 있고, 나는 그 별 아래에서 어린 손을 흔든다. 손끝을 스친 냉기가 곧 체온이 되고, 체온은 다시 빛으로 바뀌어 은비녀에 스며든다.

외로운 날이면 나는 그 빛을 꺼내 닦는다. 그러면 비녀 속에 갇힌 할머니의 심장이 잠시 두 번 뛰고, 방 안의 공기 전체가 조용히 숨을 들이쉬었다 내쉰다.

칸나가 피어있던 집

붉은 칸나가 아침의 가장자리에서 피어오르고,

빛은 잎맥을 따라 흐르며

오래된 약속을 더듬는 손끝처럼 미세하게 떨린다.

어린 시절 옛집의 담장 아래,

햇빛을 삼키듯 피던 칸나가 문득 떠오른다.

그 붉음은 하루보다 먼저 깨어

작은 그림자를 감싸던 온기의 불씨였다.

불꽃을 닮았으되 타지 않고,

열정을 품었으되 아무도 그을리지 않는다.

한마음이 얼마나 조용히 빛이 되고

자신을 태우지 않을 만큼만 타오르는지

칸나는 묵묵히 보여 준다.

바람이 붉은 날개를 스치면

오래된 두려움의 잿빛이 가볍게 흩어지고

심장은 다시 또렷한 박동을 찾는다.

뜨거움은 사라짐이 아니라

더 오래 머물려는 움직임,

용기는 결국 내밀어진 작은 불씨 하나.

그 앞에 잠시 서 있으면
담장 아래의 어린 날이 되살아나고
망설임은 서서히 재로 가라앉으며
오늘이 천천히 피어난다.

환청

어둠의 가장 깊은 자리에서
간절한 기도가 숨을 멈추게 하던 순간,
은빛의 속삭임이 별의 잔향처럼
내 귓가에 내려앉았다.
한 줄기 빛이 소리가 되어
심장을 조용히 두드렸고,
그 음성은 말보다 깊은 울림으로
어둠을 밀어내며 번져갔다.
사라질 꿈이 아닌 이정표처럼
그 목소리는 나를 이끌어
새벽의 가장 첫 빛으로 데려갔다.

표백

가끔은 마음 한구석이 눅눅한 늪처럼 가라앉는다.

지우고 싶은 몇 장면이 떠오를 때마다

나는 그것들을 조용히 베란다로 들고 나가

햇빛에 널어두는 상상을 한다.

빛은 늘 친절하게도

가장 어두운 얼룩부터 찾아내어

맑은 손끝으로 쓸어내리듯 말린다.

그 순간 기억들은 바람결에 흔들리며

더 이상 무게를 갖지 못하고

마치 오래된 셔츠의 물기가 빠지듯

천천히 투명해진다.

마음을 말린다는 건

슬픔을 지운다는 뜻이 아니라

슬픔이 더 이상 축축한 그림자가 되지 않도록

햇볕의 숨결을 허락하는 일일 것이다.

나는 햇빛에 말라가는 내면을 바라보며

언젠가 완전히 순백의 마음이 될 거라 믿지 않는다.

다만, 한 번쯤 바람에 흔들리며
밝아지는 길을 허락받는 것,
그것만으로도 충분하다는 걸
조용히 배워간다.

제2부

기억의 의자

기억에도 의자가 있다면,
정원의 한켠에 가만히 놓여
머무는 것과 떠나는 것을 모두 받아낸 의자.
어떤 기억은 햇살처럼 고요히 앉아
나뭇결의 온기까지 닮으며 오래 쉬어가고,
어떤 기억은 금세 발끝을 돌려
바람에 흩어진 잎사귀처럼 사라지겠지.
그 앞에서 나는 오늘도 묻는다.
어떤 기억이 내 하루를 데우고 갈지,
또 무엇이 스쳐 지나갈지.
네 마음의 조각들, 잠시 머물다 가는
조용한 자리.

나비 무늬

바람의 결에 스치던 너의 날개,
그 문양은 마치 신의 오래된 꿈에서
떨어져 나온 빛의 조각 같았다.
나비여,
작은 몸에 담긴 투명한 운명을
가벼운 떨림으로 펼칠 때마다
내 마음 어딘가도 조용히 환해진다.
근거 없는 예감조차
삶을 잠시 빛나게 한다.
네 무늬는 우연이 아니다.
세계가 너에게 속삭인 한 줄의 시,
시간의 결이 남긴 흔적.
한 번의 날갯짓이
잊힌 감정을 다시 반짝이게 한다.
너를 바라볼 때,
나는 연약함 속에서 피어나는
아름다움의 의지를 배운다.

네가 스친 자리마다
아직 꺼지지 않은 작은 빛이
내 안에 살아남는다.

금귀고리

흙의 귓속에
금빛의 잔음 하나 눕는다.
왕의 숨이 늦게 꺼지던 밤,
빛은 끝내 귓불을 떠나지 못하고
한 점 영혼처럼 맺혔다.
세월은 모래로 흩어져
뼈도 이름도 저편으로 갔으나
금의 곡선은
어둠 속에서 홀로 깨어
천 번의 은밀한 저녁을 반짝였다.
이제 유리 저편,
아무도 소유하지 못하는 빛이 되어
우리 귀 끝에
보이지 않는 파문을 건넨다.
사라진 자의 귓속에서
살아 있는 자의 귓속으로

옮겨 붙은 작은 주술.
오늘도 조용히 일러준다.
빛은 잊히지 않으려는 힘으로 남아
우리를 오래 지켜볼 것이라고.

곡옥(曲玉)

돌의 숨이 휘돌아
초승달 한 조각이 태어났다.
손끝에서 깨어난 곡선은
물빛을 머금고
낯선 기도의 모양을 띠었다.
목 가까이 매달린 채
어떤 밤에는 피처럼 뜨겁고
어떤 새벽에는 바람처럼 가벼웠다.
흙 속에 오래 눕는 동안에도
그 휘어진 한 줄은
지워지지 않는 꿈처럼
어둠의 가슴을 천천히 밝혔고,
지금 유리 너머에 앉아
누구의 것도 아닌 빛으로
조용히 우리를 바라본다.
말이 없어 더 깊은 돌,
그 곡선의 작은 떨림이
아직도 몸 가까이 돌아오려는 것처럼.

사라진 거석(巨石)

돌 하나하나는 역사의 무게를 품고 있었다.
손대지 않고 그대로 덮일 수 있었던 시간조차
도시는 허락하지 않았다.
철거와 공사, 재개발의 흐름 속에서 돌들은
그들의 자리를 비웠고,
비어버린 자리 위에 고층 아파트가 올라섰다.
내가 그 돌의 한 면에 귀를 기울이면,
부서지는 소리가 들리지 않는다.
거대한 돌이 옮겨지고 해체된 후
남은 공간의 흔적
이제는 도시 위에
고인돌의 그림자가 남아 있다.
그림자가 머물다 간 자리에서 우리는
잃어버림이 얼마나 연약한 것인지,
돌 하나가 세상을 지탱하던 방식이
얼마나 강렬했는지를 기억한다.

돌은 말을 남기지 않고,
우리에게 끝없이 질문한다.
"천 년을 지킨 나를 너희는 어디에 두었느냐"
그 메아리, 오늘도 비어 있는 평야 위를 떠돈다.

김광석의 길

골목에 발을 들이는 순간, 바람이 먼저 숨을 고르고
벽마다 스며든 그의 목소리는 색이 되어 번지고,
낡은 벽돌 하나하나가 오래 기다려온 악보처럼 은은히
울린다.
문득, 젊은 날의 내가 불쑥 돌아온다.
세상의 무게가 어깨를 눌러 숨조차 얕아지던 밤들,
라디오에서 흘러나오던 그의 노래가
마치 내 마음을 대신 울어주듯 조용히 불러오는 시간.
그의 목소리를 붙잡고 겨우 흔들리던 마음을 세웠고,
그 노래는 어둠의 결을 가만히 쓸어내리며
나를 다음 하루로 데려가 주었다.
다시 그 사이를 걷는다, 그림자는 음악에 젖어 흔들리고,
발끝에 스치는 햇빛조차 리듬을 따라가려는 듯 잔잔히
떨린다.
골목 끝으로 가까워질수록, 어떤 이야기를 속삭였던
자리 같은 느낌이 든다. 비록 보이지 않지만,
어딘가에서 여전히 노래를 이어가고 있을 것만 같은 존
재감

그리움이 서서히, 한없이 맑게 피어올라
나의 걸음 사이로 안개처럼 퍼져나간다.

지금 이 길은, 과거와 현재가 얇게 겹쳐진 악보처럼
내 앞에서 계속해서 노래하고 있다.

동성로에 가면

아주 오랜만에 그곳을 걷는다.

빛과 사람의 결이 한데 섞여

도시는 옛 시간을 아주 짧게 읊조리는 중.

네온은 밤의 피부를 얇게 긁어

지금도 여전히 살아있다는 사실을 반복해 말하고,

사람들의 걸음은 각자의 사연을 숨긴 채

서둘러, 혹은 머뭇거리며 지나간다.

바람 속에 얹힌 음식 냄새와

낯선 체온의 스침이 교차하는 순간

이 거리의 온도는 결국

수많은 마음의 잔열로 이루어져 있음을 깨닫는다.

오래된 벽면의 회색은 아무 말 없지만

그 침묵이 오히려 시간을 증언하고,

나는 그 앞에서 잠시 속도를 낮춘다.

동성로는 지금, 사람들의 감정이 흩뿌려져 반짝이는

짧고 깊은 떨림의 공간.

나는 그 떨림 속에서, 내 삶도 아주
작은 숨결로 흔들리고 있음을 느끼며
다시 걸음을 옮긴다.

칩거

문을 닫는다는 것은
세상의 빛을 끊는 일이 아니라,
내 속에서 오래 울리던 미세한 숨결에
귀를 기울이겠다는 고백이었다.
벽은 점점 깊어져
동굴의 늑골처럼 나를 감싸고,
그 속에서 나는
잊혀진 이름을 다시 짓듯
나 자신을 더듬어 불렀다.
바깥의 시간은 눈보라처럼 흘렀으나
안쪽의 시간은 고요히 응고되어
한 방울의 물처럼 빛났다.
그 투명한 적막 속에서
나는 태어나지 않은 말들과 마주했다.
그리고 언젠가
나의 칩거가 끝날 때,

나는 더 단단한 침묵을 품고
새로 깎인 돌처럼 세상에 선다.
다시 걸어 나가기 위해,
더 멀리 흔들리기 위해.

피아노와 나

피아노는 이제 악기가 아니다.
내 안에서 조용히 뛰는 또 하나의 심장,
밤마다 건반 사이를 미세한 떨림으로
스스로 맥박을 확인하는 생물이다.
나는 종종 두 손을 올려
그 생물의 숨을 듣는다.
검은 건반은 상처처럼 깊고,
하얀 건반은 오래된 치유처럼 희미하다.
그러나 어느 것도 완전히 아문 적 없어서
나는 끝없이 눌러본다,
다시, 다시, 그리고 다시.
도무지 말해주지 않는 음이 있다.
손끝이 닿을 때마다 도망치는 불빛처럼
저 멀리 미끄러지는 울음이 있다.
그 손실의 그림자를 붙들기 위해
나는 피아노 앞에 앉아
새벽을 자주 낭비한다.
집착이라면,

그건 아마도 이 세계가 결코
온전히 들려주지 않는 것들을
피아노만은 잠시나마
털끝만큼 열어 보이기 때문일 것이다.
나는 그 틈을, 그 한 줄기 틈만을
미친 듯이 원하는 사람일 뿐.
그래서 오늘도 나는 건반 위에서
나를 잃고, 되찾고, 다시 잃는다.
피아노가 없으면 무너지는 마음,
피아노가 있으면 더욱 아픈 마음.
그 모순의 울림을 끌어안고
나는 또 밤을 건다.
그 끝없는 소리의 미로를 향해.

붓꽃

붓꽃 한 송이가 아침의 가장자리에서 가볍게 흔들린다.

누가 적은 적도 없는 문장이, 그 가는 꽃잎 끝에서 조용
히 완성되어 가는 듯하다.

보랏빛은 한 번도 입 밖에 낸 적 없던 생각을 대신 말해
주듯

고요하게, 그러나 비밀스럽게 번진다.

나는 그 앞에서 한참을 멈춰 선다.

붓꽃은 아무 말도 하지 않지만,

침묵 속에서 더 많은 언어가 흘러나와 흙 위에 스며든다.

세상이 잉크처럼 짙게 물들던 어느 해질녘,

나도 모르게 마음속 깊은 서랍이 열리고

기억의 조각들이 이리저리 흩어지던 순간이 떠오른다.

붓꽃은 그 모든 것을,

지나온 시간과 지나간 얼굴들을,

한 줄기 바람으로 쓴다.

지울 수 없는 문장이 아니라,

흙과 빛 속에서 다시 피어날 문장으로.

그래서 나는 문득 알게 된다.

우리가 꽃 앞에서 오래 머무는 이유는
꽃이 아름다워서가 아니라,
꽃이 우리 속에 오래전부터 적어 놓았던 문장을
다시 읽게 해주기 때문이라는 것을.
그리고 붓꽃은 여전히,
한 자 한 자 보랏빛으로 흔들리며
말하지 않는 진실을 써 내려가고 있다.

컨테이너

얇은 철판은 종일 해의 체온을 빨아들였다 식히며,
그녀의 숨결과 함께 팽창했다 수축한다.
이 금속 상자는 집이면서 일터이고,
일터이면서 또 누군가의 기다림을 품은 작은 성소처럼
세상의 모든 박동을 바깥에서 끌어와
조용히 벽에 기대어 듣는 귀가 된다.
좁디좁은 책상 위,
번호판이 빗물처럼 스쳐 지나가고
그녀는 그 흐름을 기록하는 손이 된다.
차창 너머의 삶들—쟁여둔 피로, 가벼운 설렘,
어디론가 급히 흘러가는 사정들,
그 모든 흔적을 받아 적으며
오늘이라는 시간을 한 줄 한 줄 쌓아 올린다.
정지와 움직임 사이,
그녀는 이 세상의 균형을 맞추는 저울추처럼 앉아 있다.
폐쇄된 사각형 안에서 온종일 바깥을 지켜내는 일,
그것은 어쩌면
누군가의 하루가 무사히 도착하고

무사히 떠나가도록 허락하는
보이지 않는 축복에 가깝다.
저녁이 되면
컨테이너 벽에 들이친 어둠이
슬며시 그녀의 어깨를 감싸안는다.
그러면 비로소 알게 된다.
작은 불빛 아래 세상을 바라보는 이 자리가
얼마나 묵묵하게, 얼마나 고요한 방식으로
노동이라는 이름의 성전을 지켜 왔는지를.
그리고 그 속에서
그녀 역시 조금은 빛나고 있었음을.

틈

콘크리트의 회색 숨결을 비집고

노란 괭이밥 한 송이가 떠오른다.

세상의 무심한 발자국과 먼지를 견딘 끝에

마침내 틈 하나가 내어준 숨빛.

그녀는 그 작은 노란 점 앞에서

지친 마음이 천천히 밝아오는 것을 느낀다.

희망이란 거대한 문이 아니라

이렇게 미세한 틈,

거기에 몸을 기울이는 한순간의 결심이라는 것을.

작은 꽃은 말없이 피어난다.

그리고 그녀의 하루도

아주 작게, 그러나 분명히

다시 피어난다.

서재가 있는 풍경

서재에 들어서는 순간, 나는 한 권의 책처럼 조용히 펼
쳐진다.

책들은 오래된 숨결로 나를 맞이하고,

그 사이를 걷는 나는 페이지와 페이지 사이의 여백을
떠도는 존재가 된다.

책등의 주름은 나의 운명선을 닮고,

책의 그림자는 내 안의 깊은 그늘을 더듬는다.

책이 나를 읽고, 내가 책을 읽는 이 상호의식 속에서

나는 조금씩 낯설게, 그러나 더 진실하게 깎여 나간다.

때로 책들은 묻는다.

"너는 나 없이는 누구였겠느냐."

나는 대답하지 못한 채 그 속에 스민다.

책의 숨이 내 숨이 되고,

나는 어느새 그들이 써 내려가는 한 문장.

책과 나는 서로를 통해서만 완성되는

불가분의 페이지다.

언니의 이름

저물녘 창가에 앉아
언니의 이름을 불러보면,
마른 바람 한 줄기만 살짝 돌아앉을 뿐
대답은 오래전 가을빛에 묻혀 있습니다.
한때는 산을 오르는 발목처럼 단단하던 사람이
이제는 작은 계단 하나에도 숨을 고르며
어깨를 더 좁혀 걸어갑니다.
그 옆을 나는, 아무것도 못 하는 마음으로
그저 발끝을 죄어 따라갈 뿐입니다.
독신이라는 단어는
어쩐지 외풍 많은 집처럼 느껴져
문지방에 손을 얹고 오래 서 있게 합니다.
그러나 언니는 언제나 말했지요.
사람은 누구나 자기의 방 한 칸을 품고
그 안에서만 비로소 편히 숨을 쉰다고.
그 말이 맞는 줄 알면서도
가을에 접어든 생의 그림자를
어쩌다 흘릴까, 어둡게 질까

나는 계속 뒤따라 엿보게 됩니다.
혈육이라는 이름이 이런 것인지,
늙어가는 사람의 등을 바라볼 때마다
내 뼈마저 함께 저문다는 것을
처음으로 배웠습니다.
나는 다만
세월이라는 큰 강 앞에서
손 한 번 제대로 뻗지 못한 채
물가에서 발을 동동 구르는 사람일 뿐.
언니의 하루가 조용히 흐르는 동안
나는 그 곁에서, 당신의 숨결이 놓치지 않도록
작고 오래된 등불 하나 지키려 합니다.
이것이 내가 할 수 있는
유일한 사랑처럼 느껴져
오늘도 조용히 불을 밝혀둡니다.

백장미

아버지가 가장 좋아하던 백장미,

그 흰빛은 세월의 먼지를 털어내듯

늘 고요하게 제자리를 지키곤 했지요.

당신이 남긴 삶의 결도 그와 닮았습니다.

소리 높이지 않고,

누군가를 먼저 밝히고,

어둠 앞에서도 한 치 흐려지지 않던 빛.

나는 한 송이 백장미를 바라볼 때마다

당신의 뒷모습을 떠올립니다.

바람에 흔들리면서도 꺾이지 않던 어깨,

말보다 따뜻했던 침묵의 손길,

그 모든 것이 꽃잎처럼 조용히 열린 채

이제는 기억 속에서만 피어오르지요.

아버지여,

당신은 저 흰 장밋빛처럼 살다 가셨습니다.

가벼운 숨결로 세상을 비추고,

아무 요구도 없이 사랑을 건네던 사람.

나는 오늘도 그 빛이 남긴 잔잔한 흔적 위에

천천히 마음을 내려놓습니다.
그리고 마지막 꽃잎 하나가
새벽빛에 반짝일 때,
당신의 이름을 부르지 않아도
이미 가까이에서
조용히 나를 밝혀주는 듯합니다.

외출

까만 원피스는
밤의 표면처럼 고요히 그녀의 어깨에 내려앉고,
목에 감긴 진주는
달빛을 잘게 부숴 꿰어 만든 듯
사뿐사뿐 숨을 고른다.
반들거리는 구두는
지하철 스크린 도어
도어 앞, 금속 틈새처럼
기대와 설렘을 은근히 반사하며
문가에서 그녀의 발끝을 재촉한다.
옷매무새를 다듬는 손길은
오래된 시의 마지막 행을
고쳐 쓰는 시인처럼 섬세하고,
그 순간만큼은
세상 모든 시선이 자신에게로 기울 것이라
믿어 의심치 않아도 좋았다.
유독 머릿결만은
바람의 장난을 허락하는 듯

제멋대로 흐르고 춤추며
구속을 모른다.
마치 그녀 마음속 어딘가 깊은 곳,
길들이지 않은 야생마
조용히 고개를 들고 있는 것처럼.
단정과 자유, 두 개의 결이 어깨 위에서 교차하는 순간
그녀는 마침내 문을 열고 세상으로 나아간다.
오늘의 외출은 꾸민 아름다움과
꾸밈없는 진실, 한 몸에 흐르는 실루엣
겹쳐지는 의식이었다.

늪

어둠, 한 사람, 삽을 쥔 채 고요히 잠깁니다.

두려움이 말합니다, 더 멀어져라.

무기력이 속삭입니다, 누워 흘러가라.

그는 그 목소리들에 밀려

늪을 더 깊이 파내고

잠시 고요를 얻으나

곧 흙물은 다시 치밀어 오릅니다.

위에서 사다리 하나 흔들립니다.

올라서기 위한 첫 움직임

손에 꽉 쥔 삽을 놓는 일.

삽은 유혹합니다,

숨기고 싶다면 더 깊이 파라.

그러나 그의 가슴 어디선가

미약한 숨결이 일렁입니다.

이제는 빠져나가도 된다.

그는 삽을 내려두고

떨리는 손으로 사다리를 붙잡습니다.

늪은 여전하지만
발끝이 향한 곳은 달라지고,
흙물 속에서도 한 걸음
더 위로, 더 바깥으로.
그때,
늪 가장자리에서
가느다란 빛이 그를 기다립니다.

보이지 않는

아침의 빛이 아직 가슴 깊은 골짜기까지 닿지 못한 순
간,
화자의 눈에는 아무것도 보이지 않아요.
그러나 보이지 않는다고 해서 존재하지 않는 것은 아니
지요.
가만히 귀를 기울이면,
심연의 바닥 어둡고 고요한 물결 아래서
누군가를 향한 간절한 숨결이 미세하게 일렁입니다.
이름도 형상도 없는,
그러나 어떤 별빛보다 오래된 호흡이
그의 내면에서 천천히 피어나는 것입니다.
그 기도는 손을 모으지 않고도
두려움과 사랑 사이를 건너가며
마치 작은 씨앗처럼
어둠 속에서 저만의 빛을 찾아 움트고,
그 빛은 말을 건네는 법도 모른 채
그저 존재함으로써 세상을 비춥니다.
화자는 그 빛을 보지 못하지만

때때로 마음의 결이 미세하게 흔들리고,

그 흔들림이 스스로도 모르게

삶의 균형을 더 단단하게 지탱해 줍니다.

신앙이라는 단어를 한 번도 속으이지 않았으나,

그는 오래전부터 알고 있었어요.

자신의 몸속 어딘가, 피가 흐르는 깊은 강물의 아래,

말로 세지 못하는 믿음이

조용히, 그러나 변함없이 그를 지켜오고 있다는 것을.

그래서 그는 고백합니다.

"나는 아무것도 보지 못했지만,

보이지 않는 것이 나를 살아 있게 한다."

이렇듯, 그의 심연에서 솟아오르는 이 은밀한 기도는

신을 닮았으되 이름을 갖지 않고,

믿음을 닮았으되 표시를 품지 않은 채

오늘도 그를 조용히 감싸 안습니다.

운

바람의 결을 따라 한 장의 부적을 접습니다.

종이는 없지만, 당신의 숨결이 그 자리를 대신하고,

먹물은 없지만, 오래된 슬픔이 잔잔히 번져

문장 하나하나를 서늘한 빛으로 물들입니다.

이 부적은 미래를 약속하지 않습니다.

다만, 아직 오지 않은 시간이

당신의 어깨에 가볍게 내려앉아

아무 말 없이 등을 토닥이는 법을 기억하게 합니다.

좋은 기운은 멀리서 오는 것이 아니라

당신이 한 번 더 걸음을 내디딜 때,

눈을 감고 자신의 내면을 더 깊이 들여다볼 때,

아무리 어두운 밤이라도 자신을 버리지 않을 때

조용히 깨어나 불씨가 됩니다.

그러니 오늘은 다만,

세상의 소음에서 한 걸음 뒤로 물러나서

당신의 이름을 마음속에서 천천히 부르세요.

그 울림이 바로 부적의 문양이 되고,

자신을 밝히는 힘이 되어

당신의 하루 위에 잔잔한 보호막처럼 드리워질 것입니다.
이제 부적은 준비되었습니다.
종이도 먹도 없이, 오직 당신의 마음이
만든 간절한 기도.

클로버

초여름 들판, 바람에 흔들리는 연둣빛 속에서
네 잎 클로버는 조용히 기적의 얼굴을 드러낸다.
희망 · 사랑 · 행운 위에 우연 하나가 더해질 때,
삶은 잠시 숨을 고르며 새로운 빛을 품는다.
행운은 멀리 떠 있는 별이 아니라
땅 가까이 낮게 엎드려
우리의 시선을 기다리는 풀잎의 마음.
고개를 숙여 잎을 찾는 순간,
세상은 한 사람의 바람을 받아 적는 노트가 되고,
클로버는 그 귀퉁이에 남는 작은 기도의 흔적이 된다.
기적은 희귀함이 아니라
믿음이 닿을 때 비로소 모습을 드러내는
은밀한 생의 표정.

제3부

아잔타 석화

바위에 남은 오묘한 빛을 본다.
천 년의 바람이 스쳐 지나갔어도
그 표면엔 아직 따뜻한 기도가 숨을 쉰다.
아잔타의 석화는
빛을 기다리다 스스로 빛이 된 존재들.
침묵 속에 그어진 붓질은
시간을 굳혀 마음의 결정으로 남았다.
반쯤 뜬 눈동자 사이로
옛 구도자의 숨결이 미세하게 흔들리고,
욕망을 버린 얼굴조차
버리지 못한 그리움 하나를 품고 있다.
차가운 돌 위에 남은 따뜻한 색채
사라질 운명을 안고도 사라지지 않은 숨의 잔향.
나는 그 앞에서 어떤 기도도 하지 못한 채
그저 조용히 흔들린다.
그 순간 알게 된다.

아잔타의 석화는 유물이 아니라
오늘도 태어나고 있는 숨결이며,
남아 있는 것들이 지닌 힘의 증거라는 것을.

오로라

밤하늘 깊은 곳에서
빛의 장막이 조용히 열리고,
오로라는 우주의 맥박처럼
초록과 자홍의 물결로 스며든다.
나는 그 아래 작은 여백처럼 서서
소리 없는 떨림에 마음을 맡긴다.
질문도 답도 없이
오로라는 나타나며 사라지고
사라지며 다시 태어난다.
잠시 뒤 하늘은 어둠으로 돌아가지만
내 안에는 희미한 무늬 하나 남아
오랫동안 작은 빛으로 숨 쉰다.

텀블러

텀블러를 손에 쥐는 순간,
낡은 일상의 먼지가 살짝 털려 나가고
따뜻한 물김이 속삭이듯 피어오릅니다.
마치 작은 결심 하나가
가슴 안쪽에서 천천히 빛을 켜는 듯합니다.
한 모금의 온기 속에
우리는 보이지 않는 숲을 지니고,
쓰러지지 않은 나무 한 그루를
가방 깊은 곳에 조용히 숨겨 다닙니다.
버려지지 못해 떠돌던
수많은 플라스틱의 잔상들이
텀블러의 금속 벽에 닿으며
서서히 방향을 잃고 사라집니다.
그 순간, 아주 작은 변화의 새가
우리 손끝에 가볍게 내려앉아
숨을 고르고 속삭입니다.
지구는 거대한 소비의 무대가 아니라,
상처를 감추며 살아가는 몸이라고.

오늘도 우리는 텀블러를 들고 집을 나섭니다.
바람은 그 길 위에서
조금 덜 아파하는 듯,
한층 맑은 숨으로 우리를 따라옵니다.

노란 방

새벽의 흙이 미세하게 떨릴 때,

배추 한 포기 앞에서 발이 멈춥니다.

겉잎들은 오래전부터 벽이었습니다.

햇빛의 칼끝, 비의 냉기, 바람의 무표정함,

벌레가 남긴 기호 같은 상처들까지

모두 몸에 새겨 넣으며

스스로 방의 경계를 세워왔습니다.

속잎은 아직 말이 태어나기 전의 언어처럼

노란빛을 다층의 침묵 속에 숨기고 있습니다.

바깥은 상처로 가득한데

안쪽은 오히려 더 환해지는 신비한 구조

세상의 모든 소란이

문턱에서 방향을 잃고 돌아섭니다.

이 작은 세계의 숨을 들여다보며 고개를 끄덕입니다.

하나의 고요가 만들어지기까지

얼마나 많은 파도가 잎 가장자리를 지나갔는지,

얼마나 많은 시간이

겉잎을 문장처럼 구겨놓고 떠났는지.

그러나 그 모든 상처가 오히려
중심을 지키는 방식이 되었다는 사실.
노란 방은 그래서 존재합니다.
외부의 아픔이 쌓여
마침내 안쪽의 평온이 완성되는 초현실의 건축.
오늘의 배추 한 포기 앞에서
저는 내 안의 방 또한, 비슷한 방식으로
만들어질지도 모른다는 조용한 예감을
가뿐히 들어 올립니다.

소나기

겨울은 어젯밤,

낡은 전보지에 번져 들어오는 먹물처럼

서둘러 내 마음을 두드렸습니다.

소나기는 잠시였으나

그 짧은 숨결 속에서 나는

한 계절이 문턱을 넘어오는 소리를 들었습니다.

쇼팽의 선율은커녕

한 음, 한 박도 고운 데 없는 비였지요.

그러나 그 거친 빗방울들은

삶의 먼지를 털어내듯

불현듯 나를 깨웠습니다.

문득, 마음 깊은 곳에

알 수 없는 서늘함이 기별처럼 떨어졌습니다.

누군가 보내지 않은 편지,

봉인되지 않은 문장들이

가슴안에서 저절로 읽히는 밤이었지요.

그렇게 겨울은 왔습니다.

누구의 초대도 받지 않은 채,

그러나 불가피하고 정확한 도착으로.
나는 그 앞에서 조용히 숨을 골랐습니다.
마치 새로운 계절을 맞이하는 일이
하나의 고백처럼 느껴졌기 때문입니다.

남천 나무를 바라보다

겨울 공기가 울음을 삼키듯 맺힌 날,

나는 울타리 가득 붉게 타오르는 남천 앞에 선다.

바람이 잎을 갉아도 열매는 더욱 단단해져

눈 속의 작은 등불처럼 버티고 있다.

그 붉음은 오래된 손길처럼

사람의 마음을 지켜온 기척을 건네고,

나는 한 알의 빛을 바라보며

추위 속에서도 무엇을 지킬 수 있느냐는

겨울의 질문을 듣는다.

저무는 빛 아래서도 흔들리지 않는 열매들,

그들 사이에서 나는

지워지지 않는 희망의 형태를 찾는다.

오늘도 남천은 조용히 타오른다.

세상을 지키는 작은 불씨처럼.

화살나무 잎

화살나무는 네 방향으로 숨을 쉰다.
갈라진 줄기의 틈새마다
열리지 않은 문이 열린 듯 어둠이 드나들고,
나는 그 문턱에 잠시 발을 둔다.
잎은 기억을 더듬지 않는다.
푸름도, 붉음도
스스로를 태우듯 지나간 계절만이
가벼운 재처럼 남아
새 한 마리의 부리에 흩어진다.
열매는 닫히지 못한 상처처럼 벌어져
작은 고백을 흘린다.
떨어짐과 머무름 사이에서
아무 쪽도 선택하지 못한 채
세상보다 먼저 흔들리는 순간.
숲은 그 모든 말을 풀어내지 않고
나무의 몸에 주석처럼 남긴다.

설명하지 않을 때 가장 선명하지는 것
그 침묵을 따라
나는 한 줄의 시처럼 가늘어진다.
붉어진다는 건,
사라지는 일이 아니라
내가 나였다는 증명이라는 듯.

안단테

저녁의 숨이 느리게 흔들릴 때
나는 안단테라는 길 위에서
오롯이 혼자만의 그림자를 들었다.
잠든 별을 발밑에 흘려주고,
나무는 낙엽마다 잊힌 기억을 걸러냈다.
바람은 사라졌다 돌아와
오래된 자장가를 귀에 얹어주고,
하늘은 쓰다 만 악보처럼
내 앞에서 조용히 멈춰 섰다.
세상은 한 박자 쉬어가라고
은근히 말했다.
더 느리게.
멈춤이 아니라
네가 가는 너만의 속도로.

배풍등

바람은 밤의 숨결처럼 스쳐 가고, 배풍등은 그 숨결에
흔들리며 존재를 겨우 밝힌다.
저 불빛은 길을 찾으려는 것이 아니라, 흔들리는 존재
의 심연을 잠시 드러내려는 하나의 떨림일 뿐.
빛이 미세하게 떨릴 때마다, 오래 눌러놓았던 생각의
결들이 번져 나와 나도 모르게 마음의 저편을 비춘다.
배풍등은 겨울을 밀어내지 않는다. 다만 어둠 속에서도
어떤 흔들림을 받아들이는 일, 그 위태로운 진동 속에
서, 오히려 가장 단단한 침묵을 건져 올릴 뿐.

아마존의 눈물

아마존의 심장에 귀를 대면
아직도 희미한 맥박이 들린다.
수백만 년을 품어온 초록의 숨결이
사라져가는 잎새의 떨림 속에서
마지막 노래처럼 흔들리고 있다.
비는 하늘에서 길을 잃어 떨어지고
뿌리는 갈라진 대지 사이로
잃어버린 물길을 더듬는다.
어디선가 마코앵무 한 마리가
불타는 숲 위를 가로지르며 울음을 남기고,
그 울음은 멀리, 인간의 가슴 깊은 곳에서
죄책처럼 천천히 번져간다.
그래도 아직, 아주 작게
새싹 한 점이 어둠을 밀어내고 있다.
나는 그 연약한 뿌리에 희망을 건다.
숲을 되살릴 수 있다면,

우리의 손이 먼저 그쪽을 향해
초록의 약속을 다시 세워야 한다.
죽어가는 아마존이여,
너의 마지막 숨이 되기보다
다시 피어나는 첫 번째 숨이 되고 싶다.

앵무새

나는 사람의 말을 흉내 내던 앵무새,
불타버린 가지 위에서
이제 누구의 말도 들리지 않아
내 안의 잿빛을 되씹는다.
남겨진 언어의 파편
"미안해… 다시…"
그 조각들을 삼켜
나는 숲의 잃어버린 심장을 대신해 운다.
그리고 처음으로
내가 만든 말을 내어놓는다.
"숨… 쉬어…"
이 두 음절이
꺼져가는 숲을 다시 깨우길 바라며
나는 마지막 초록을 향해
눈을 감는다.

포즈

빛은 옆얼굴을 핥고,
렌즈는 나의 숨을 세어 가는데
나는 막 굳어버린 점토처럼
어디에 손을 둘지 몰라
허공에 손가락을 매달아 걸고,
어색함을 감추려 억지로 만든 미소가
입술 끝에서 삐걱이며 흔들린다.
"조금만 움직여 볼까요?"
사진사의 말은 부드러운 주문 같지만
내 안의 작은 짐승은
자세를 바꿀 때마다 더 불안하게 웅크린다.
어깨는 높이를 잊어버리고
손목은 어느 쪽이 자연스러웠는지
기억을 잃는다.
나는 내 몸인데
잠시 남의 것이 된 듯 어설프고,
그 낯섦이 또 다른 낯섦을 불러
표정 위에 겹겹의 떨림을 놓아둔다.

그러다 문득,

찰칵.

셔터가 내 망설임을 잘라내는 순간

나는 깨닫는다.

어색함도 하나의 그림자임을,

그림자가 있다는 건

빛이 가까이 있다는 뜻임을.

그래서 나는

굳은 자세 속에서 천천히 숨을 고르며

내 안의 작은 짐승을 쓰다듬는다.

비로소,

카메라 앞의 나는

부끄러움을 품은 채로

내가 되고 있다.

푸른 섬, 하나 떠 있는

바람이 먼저 길을 열어 두었다.

기슭에 닿는 순간, 나는

소금빛 숨결이 오래전부터 준비한

낮은 울림 속으로 스며들었다.

검은 현무암은 깊은 기억처럼 눌러앉아

틈마다 은빛 파문을 토해냈고,

햇빛은 그 위에 가느다란 금실을 얹어

섬의 비밀을 얇게 벗겼다.

산에서 내려온 바람이 나무의 잎맥을 흔들면,

숨은 전설의 그림자가

고요를 더 깊은 결로 접어 넣었다.

그곳에서 나는,

섬이 땅이 아니라 하나의 생명임을 깨닫고

내 심장도 그 느린 맥박에 걸려

작은 파도처럼 흔들리고 있었다.

모든 것은 흘러가되,
흘러간 것은 다시 돌아오는 자리
그 신비로운 제주 기슭에서
나는 아주 잠시, 섬의 숨으로 되었다.

구부러진 길

감포 해안 길엔
푸른빛이 먼저 선을 긋는다.
바다는 그 뒤를 따라
도로 위로 얇게 번져 들고,
빛의 비늘이 아스팔트에
물고기처럼 흘러 다닌다.
가로등은 낮에도 희미하게 숨 쉬며
안개 같은 그림자를 만들고,
바다는 종종 제 경계를 잊어
허공에 파문을 띄운다.
지나가는 바람은
소금기 어린 문장을 짧게 새기고 사라진다.
"여긴 아직 완성되지 않은 장면."
그 말을 믿듯,
해초는 공중에서 흔들리고
내 그림자마저 물결의 속도로 흔들린다.

감포의 길은
현실과 비현실이 얇게 겹쳐지는 푸른 틈
나는 그 사이를 지나며
잠시, 파도에 가까운 존재가 된다.

가시

사막의 저녁빛 아래, 나는 가시의 문장으로 숨 쉬는 선인장.

고독을 저장하던 침묵의 물결이 굳어

몸 밖으로 솟은 것이 바로 나의 말들이다.

가시는 상처가 아니라

부서지기 쉬운 중심을 지키려는 사유의 결정체,

드러내지 못한 다정이 굳은 음영,

갈망이 스스로를 감춘 초록의 갑옷.

바람 스칠 때마다 나는 미세한 떨림으로 속삭인다.

누구든 내 날선 문장 속에서

연약한 맥박 하나를 발견해 주기를.

오늘도 나는 사막의 가장 조용한 필사본처럼

가시를 활자 삼아 서 있다.

읽히지 못한 이야기를 안고,

그러나 여전히 누구를 향해 열린 채로.

감나무 이파리, 한 장

베란다에 떨어진 감잎 하나,

벌레 먹은 가장자리가 숨죽인 비명처럼 움츠려 있었어요.

손바닥에 올리니 잎맥이 미세하게 떨렸죠.

마치 끝까지 버티다

바람에 스친 순간에야

손을 놓아버린 누군가의 맥 같았어요.

할머니가 떠올랐습니다.

수십 년의 바람을 막아내던

마른 손등,

주름 사이로 마지막까지

미련처럼 남아 흐르던 따스한 숨결.

짧은 낙하에 담긴 오래된 삶의 기척이

가만가만 살아와

잠시, 내 가슴도 함께 뒤척인 저녁.

능

달빛이 누운 골짝 너머,
산이라 불러도 모자랄 거대한 능 하나
고요히 숨을 고릅니다.
바람은 봉분의 잔디를 천천히 쓸며
오래된 이름들을 만지듯 지나가고,
당신은 그 위에 덧입혀진 세월의 무게를
발끝으로 느끼게 됩니다.
저토록 높아진 흙의 탑은
한 사람의 생이 무너진 자리에
천천히, 조심스레 쌓인 침묵입니다.
너와 나, 그리고 오랜 적막이
함께 견딘 시간의 무게가
마침내 산보다 큰 그림자를 드리우는 것이겠죠.
능의 사방에서
풀벌레가 작은 제사처럼 울고,
당신이 멈춰 서는 순간,
그들의 소리 사이로
지나간 왕들의 숨이 조용히 스며듭니다.

여기선 누구나 한 번쯤 생각하게 됩니다.
권력도, 이름도, 피비린내 나는 명예도
마침내 흙 속에 누우면
이토록 부드러운 곡선을 남길 뿐이라는 것을.
그래서 거대한 능은 산보다 높게만 보일지라도
실은 가장 낮은 마음으로 우리에게 말을 겁니다.
살아 있는 동안의 너는 어떤 침묵을 남기고 싶은가.

소음

도시는 끝내 잠들지 못한 짐승처럼
틈새마다 소음을 밀어 넣는다.
문장 사이 흩어지는 먼지 같은 잔향이
나의 마음결을 할퀴고 지나간다.
신호와 발걸음, 억눌린 웃음의 파편들
모두가 제 존재를 과시하려는 외침으로 번져
내 안의 얇은 평온을 흔든다.
나는 침묵을 그리워한다.
햇빛처럼 투명하게 번지는 고요 속에
흩어진 나의 박동이 다시 모여드는 순간을.
현실은 여전히 굉음으로 숨을 자르지만,
행간 깊숙이 숨어 있는 조용한 중심만은
끝내 지켜내리라.

벽난로가 있는 집

벽난로가 있는 집은
내 마음 한쪽에 오래전부터 불씨처럼 살아 있는 풍경입
니다.
겨울이면, 하얀 숨결이 창가에 닿아 서늘한 꽃무늬를
피울 때,
그 고요 속에서 장작개비가 타는 소리를 듣고 싶습니다.
그 소리는 마치 먼 옛날,
두 뺨이 사과처럼 익어 있던 어린 시절의 나를
다시 이끌어 오는 작은 북소리 같습니다.
벽난로 앞에 앉아,
실 한 올 한 올을 손끝에 감아 뜨개질을 하면
따스한 양모로 짜여 가는 건 스웨터가 아니라,
그리움의 무늬와도 같은 어떤 순간들입니다.
바람은 문틈에서 옛이야기를 속삭이고,
불꽃은 작은 춤으로 방안을 물들이며
세상에서 가장 부드러운 빛을 내어놓지요.
나는 그 앞에서, 한 줄을 놓치지 않으려는 마음으로
시간을 꿰매어 이어 붙입니다.

그렇게 저녁이 깊어지면,
저 멀리 흩어져 있던 기억들이
따뜻한 기류를 타고 하나둘 돌아와
내 무릎 위에서 실타래처럼 말려듭니다.
벽난로가 있는 집.
그곳은 현실보다도 더 선명한 나의 겨울입니다.
지금 여기에 없더라도,
내 마음속에서는 언제나 장작이 탑니다.
그리고 나는 그 앞에서,
조용히, 오래도록, 꿈을 짜고 있습니다.

반구대 암각화

바람이 지워내지 못한 선 몇 개,
그 속에서 조상의 숨결이 아직 웅얼거립니다.
강물은 시대의 그림자를 실어 나르며
돌 위의 한 줄 기도를 더 깊이 감춥니다.
나는 그 앞에 서서
사라짐을 두려워하는 마음을
또 하나의 결로 새기려 합니다.
역사는 흐르지만
돌의 기억은 흐르지 않기에
후손의 숨 한 모금조차
영원히 보존됩니다.
반구대의 바위는, 거대한 물빛의
손길에 매만져진 듯
고래의 곡선, 사냥의 움직임,
생명의 윤곽을 은빛으로 반짝이게 합니다.
시간이 깎아낸 표면 아래
고래 떼가 천천히 헤엄치는 소리가 들리고,
그 깊고도 넓은 숨결이
바위 전체를 하나의 고요한 우주로 만듭니다.

제4부

새벽달

어둠의 가장 고요한 심장에서
은빛 숨결을 흘려보내는 너.
잠들지 못한 창가의 유리 위에
네 가늘고 긴 손끝이 닿을 때,
밤의 상처들이 조용히 봉합된다.
구름조차 너를 덮지 못해
멀리서 바라보는 이들의
속삭임마저 비추어 주는구나.
지워질 듯, 그러나 언제나 거기 머무는
흰 그림자 하나.
그것이 바로 너의 기도이며
우리가 새벽을 견디는 이유.
오늘도 너는 침묵으로 노래한다.
세상의 모든 어둠은
너를 중심으로 천천히 옅어지고 있다.

빈칸

마음이 어수선한 날,
묵은 책의 먼지를 털어내며
나는 오래된 사유의 무게를 한 장씩 걷어낸다.
손끝에서 떨어져 나오는 것은
문장보다도, 그때의 나였다.
책장을 비워낸 자리에
얇은 바람 한 줄이 스며든다.
그 빈칸은 아무 말도 하지 않지만
말보다 더 깊은 침묵으로
나를 천천히 비춘다.
가득 채울 때는 보이지 않던 것들이
사라진 자리에서 비로소 또렷하다.
무엇을 잃었는지보다
무엇을 비워야 하는지를
그 텅 빈틈이 먼저 말해준다.
나는 그 앞에서 오래 머문다.

정리된 것은 책이 아니라 마음,
비워진 것은 칸이 아니라 소란.
오늘은 그 빈 자리에
다시 나를 놓아본다.

윤슬

빛은 물결의 얇은 숨결을 스치며
금빛의 떨림을 잠시 남긴다.
머무르지 못할 것을 아는 듯
더욱 선명한 한순간을 건넨다.
나는 그 앞에서 마음을 낮춘다.
소리도 그림자도 접어두고
물결이 적는 문장을
가만히 따라 읽는다.
지워진 나의 틈으로
한 줄기 빛이 스며든다.
움직임도 없이 흔들리는,
투명한 울림 하나가 생긴다.
그때 비로소 안다.
사라지는 것이야말로
가장 또렷한 얼굴을 가진다는 것을.
윤슬은 그렇게 매번
내 안의 물을 다시 밝힌다.

미니멀 라이프

계절이 바뀌는 날이면
나는 옷장의 문을 천천히 연다.
한때의 취향, 잠깐의 충동,
머뭇거리던 마음의 주름까지
옷 사이에 겹겹이 숨어 있다.
잘 입지 않았던 옷들을
의류 수거함에 넣을 때마다
묘한 해방감이 어깨를 스친다.
손을 떠나는 것은
천이 아니라 묵은 고민들,
나를 붙잡던 작은 망설임들이다.
비워진 옷장 틈으로
버티컬 사이를 타고 바람이 흐른다.
그 바람은 새 옷보다 더 넓고,
새 습관보다 더 가벼우며,
새 다짐보다 더 진실하다.

나는 점점 줄어드는 것 속에서
오히려 커지는 자유를 배운다.
덜어내야 보이는 풍경,
없어져야 드러나는 마음,
그리고 그 빈 자리에서 자라는
미니멀 라이프의 조용한 기쁨을.

금목서

저문 골목, 먼저 흔들리는 건 향이다.

보이지 않는 금빛이 내 어둠을 더듬어 지나간다.

한 번 스쳐도 오래 머무는 그리움처럼,

너는 조용히 나를 불러

잊었다는 말의 틈을 다시 연다.

손끝 닿지 않는 이름들이

네 향에 실려 돌아오면

가을은 한순간, 재회의 얼굴이 된다.

빛보다 먼저 번지는 너의 숨결,

그 미세한 황금이

내 깊은 곳의 침묵을 적신다.

작은 꽃들이 모은 한 줌의 밝음,

그것만으로도

하루가 천천히 기울어 간다.

11월의 빛

모든 것을 낮추며 스며들었다.
새벽길을 덮은 고요는 빛과 색을 천천히 땅의 결로 끌
어당기고,
그 위에서 자연은 다음 계절을 향한 사유를 고요히 이
어가고 있었다.
떨어지는 잎은 마지막 생각을 정리하듯 미세하게 떨리고,
바람은 말수를 줄인 철학자처럼
겨울의 도래를 조용히 설명하고 있었다.
그 모든 움직임이 잦아드는 순간,
우리는 잠시 걸음을 멈춰
새로움이 태어나기 직전의 얕은 숨을 듣는다.
11월의 빛 아래, 세계는 끝나는 것이 아니라
더 깊은 자리에서 다시 시작할 준비를 하고 있었다.

어느 날, 갤러리에 갔다

유리문을 밀고 들어서자, 공기가 달랐다.

시간은 벽에 걸린 그림처럼 정지해 있었고,

빛은 캔버스의 결마다 흩어져 내 얼굴 위에 기하학적인

그림자를 그렸다.

나는 사람의 형상을 한 색채들을 바라보았다.

그들은 눈이 셋이었고, 심장은 사각형이었으며,

입술은 파란 선 하나로 이어져 있었다.

그 안에서 나는 나를 알아보았다.

분리된 조각으로서의 나,

사랑과 상처와 어제를 서로 다른 각도로 본 나.

피카소가 내 어깨 위에서 웃는 듯했다.

너도 부서져야 보인다.

그의 말은 붉은 선으로 진동하며 내 귓가를 때렸다.

나는 캔버스 앞에 멈춰 섰다.

그림 속 여인의 얼굴이 나를 바라본다.

왼쪽 눈은 슬픔, 오른쪽 눈은 무심,

그리고 그사이의 틈에 내가 있었다.

갤러리를 나오는 순간,

세상은 다시 원근을 되찾았지만
나는 조금 비뚤어진 채로 걸었다.
모든 사물은 새로운 각도에서 나를 응시했다.
예술은 보는 것이 아니라,
깨진 나의 형태로 느끼는 것은 아닐까.

카프리치오소

유리창에 손끝을 대면
빛은 반음 아래로 내려앉는다.
하루의 온도가 허공에 흩어지고,
나는 그 틈으로 들어가
불협 속의 질서를 배운다.
기억은 항상 예고 없이 변주된다.
어제의 웃음이 오늘의 소음으로,
사랑의 잔향이 먼지처럼 허공에 떠오른다.
그건 작곡되지 않은 인생,
즉흥의 악보 위를 걷는 일.
누군가 말한다, 삶은 장조와 단조의 경계에서
계속해서 몸을 바꾼다고.
나는 대답하지 않는다.
대답은 곧 정지이니까.
바람이 자꾸 창을 두드린다,
그것이 시작 신호처럼 들린다.
내 안의 선율이 다시 깨어난다.
오늘의 나는 어느 조로 살 것인가.

밤이 내리면, 세상은 단조의 거울이 된다.
나는 그 속에서 나를 잃고, 다시 찾는다.
불완전한 음계의 끝에서
한 줄의 떨림이 태어난다.
카프리치오소, 이 불완전한 리듬이
나를 조금 더 인간답게 만든다.

*'카프리치오소(Capriccioso)'는 이탈리아어로 '변덕스러운', '기발한', '자유분방한'이라는 뜻을 지닌 말. 주로 음악 용어로 쓰이며, 정형화된 틀보다 감정의 흐름과 순간의 영감에 따라 자유롭게 연주하는 곡조.

변곡점

하늘빛이 서서히 변해 가는 저녁녘, 나는 그 빛의 결에 내 얼굴을 비추어 본다. 아무도 알지 못한 사이에 조금씩 달라져 온 마음의 결들이 은은한 색으로 드러난다. 지나온 날들은 곡진한 자국을 남긴 채 내 안에서 조용히 뒤척이며, 오래 묵은 파도처럼 잔향만을 밀어 올린다.

문득, 점 하나 찍히듯 생의 선이 예상치 못한 방향으로 휘어져 버렸던 순간들이 떠오른다. 내가 어찌할 수 없어 보였던 굴곡들, 한 걸음 내딛는 것조차 조심스러웠던 그때의 나. 하지만 시간이 흐르며 그 굽은 길 위에도 숨결이 남아 있었다. 흔들리되 꺼지지 않고, 다시 길을 틔우기 위해 조용히 호흡을 이어가던 생의 미약한 불씨가.

그 모든 굴곡을 지나쳐 온 지금, 저만치서 빛을 머금은 내일이 서서히 형태를 갖추기 시작한다. 어둠과 밝음, 직선과 곡선, 실망과 희망이 서로 기대어 만든 한 폭의 풍경처럼. 나는 그 풍경 앞에서 가만히 멈추어 선다. 비로소 알 것 같다. 굽어진 길도, 흐트러진 점도, 모두 나를 이 자리까지 데려온 문장들이었다는 것을.

무당벌레

햇빛 아래 놓인 잎사귀를 걷다 보면, 문득 붉은 점 하나
가 세상을 가볍게 들어 올린다. 작은 등껍질 속에 감춘
불씨가 바람에 흔들릴 때, 나는 그것이 벌레가 아니라
오래전부터 이 땅을 걸어온 기도의 흔적처럼 느껴진다.
해로운 기운을 삼키며 자신을 덜어내는 그 느린 걸음은,
누군가의 하루를 살리고 또 다른 생을 밝히기 위한 작
은 의식 같다.

네가 잎 위에서 천천히 움직일 때, 그 속도는 시간을 낮
설게 한다. 급히 흐르던 나의 하루가 너를 중심으로 고
요히 멈춘다. 그리고 그 멈춤 속에서, 변신이라는 일의
깊이를 생각한다. 허물을 벗고 날개를 숨기며 이 작은
몸으로 도달한 지금의 순간—그 긴 여정이 아무 말 없이
붉은 표면에 새겨져 있다. 너는 갈없이 무력함을 지나
힘이 되는 길을 알고 있다.

어느새 너는 내 손등에도 내려앉는다. 한 점의 붉음이
피부에 닿는 것만으로 하루의 분위기가 달라진다. 누군
가에겐 우연이겠지만, 나에겐 오래 준비된 행운의 방문
처럼 느껴진다. 기척도 없이 다가와 조용히 머무는 축

복, 그 미세한 온기 안에서 나는 내가 잊고 지내던 작고
단단한 희망을 다시 만난다.
이처럼 너는, 세상을 바꾸려 하지 않고도
아주 작게, 그러나 분명하게
빛을 옮겨 다니는 생명이다.

비슬산 연가

비슬산의 어깨 위에
새벽이 은빛 물결로 번질 때,
저 멀리 깃든 침엽의 숨결이
바람의 옷자락을 살며시 흔듭니다.
산허리엔 안개가 고요히 눕고,
그 위를 산벚의 분홍빛 혼이
가벼운 춤사위로 스쳐 지나가며
하루의 시작을 깨웁니다.
돌길을 디딜 때 울리는 작은 떨림은
마치 오래된 노래의 남은 음표처럼
발끝에서 마음까지 스며들어
사람과 산의 경계를 흐리게 하지요.
비슬산은 늘 그 자리에서
계절의 숨을 품고,
우리의 참된 얼굴을
고요한 능선에 비추어 줍니다.

이 산을 오르는 일은
자연의 품 안에서 잊고 지냈던
가장 맑은 나를 다시 만나는
한 편의 연가가 됩니다.

겨울새

기왓장의 어둡고 얇은 틈을 따라
하루의 숨결이 미세한 온기로 번져갈 때,
그 속에서 작은 참새 한 마리가
겨울의 굳은살을 뚫고 울음을 틔웁니다.
그 소리는 바람이 얼음의 비늘을 털어내듯,
희미하고도 단단하게,
어딘가 먼 데서 건너온 빛처럼
침묵의 결을 천천히 흔듭니다.
겨울새들은 모두 어깨를 조심스레 움츠린 채
서리 낀 날개 아래 숨을 모읍니다.
저마다 따뜻한 기억을 가슴 깊이 감추고
아직은 손닿지 않는 봄의 무게를
가벼운 희망처럼 품고 있습니다.
눈발은 하얀 재처럼 지붕 위를 떠돌고,
세상은 마른 나뭇가지의 뼈대만 남긴 채
긴 숨을 고르는 동안,
그 어린 참새가 남긴 한 줄의 지저귐은
겨울의 심장 속에 작게 켜진 등불이 됩니다.

누군가는 그것을 겨울의 틈새에서 들려오는

아득한 시간의 속삭임이라 부르고,

누군가는 아직 오지 않은 계절이

먼 하늘에서 조용히 문을 두드리는

전령의 발자국이라 부릅니다.

그러나 나는 그저 이렇게 느낍니다.

혹독한 계절의 감은 창속에서도

생은 아직 지지 않았다고

그 작은 울음 하나가

얼어붙은 세상의 표면을 미세하게 갈라

봄이 스며들 자리를 준비하고 있다고.

참새의 지저귐은 짧지만,

그 울림이 지나가는 자리는 길고 깊어

겨울 끝자락의 어둠도

조금씩 풀리고 있습니다.

장독대

옛집 마당 한켠, 펌프가 덜컥거리며 물을 토하던 그 자
리 옆
크고 작은 장독대들이 마치 오래된 별자리처럼 옹기종
기 모여 있었지요.
한낮의 햇빛을 받아
옹기의 매끄러운 둔덕 위로 금빛 물결이 스르르 번지면
그 숨결 속에는
발효된 된장 냄새보다 더 깊은,
세월의 속삭임이 담겨 있는 듯했습니다.
어린 나는 그 앞에서
장독대의 둥근 어깨를 쓰다듬듯 눈길을 머물며
마치 그 속에 숨겨진 비밀을 들여다보려 했습니다.
햇빛이 스며든 옹기의 빛은
단순한 반짝임이 아니라,
오랜 시간과 손길이 켜켜이 쌓여
마침내 빛이 되어 돌아온 것이었지요.
그 장독대들은
한 집안의 이야기,

어머니의 손맛,
계절마다 달라지는 시간의 향기를
말없이 품고 있던 조용한 우주였습니다.
지금 그 자리에 서 있다면
옹기에서 흘러나오는 온기는
아마도 추억의 결로 촉촉해져
우리 마음 언저리를 다시 한번
따뜻하게 데워주지 않을까요.

폭풍

바람이 검은 건반을 스치자, 번개의 뿌리가 심장에 닿는다. 나는 한 점으로 수축했다가 온 폭풍으로 확장하며, 내 존재의 윤곽이 찢어지는 소리를 듣는다. 빠르게 굴러가는 음들의 그림자가 나를 통과할 때, 오래 숨겨두었던 감정들이 돌연 뒤집혀 빛의 면을 드러낸다.

나는 달리는 말의 호흡이자 절벽 끝의 침묵이며, 한순간 꺼질 듯 흔들리는 불씨다. 무게는 사라지고, 의미는 부서져 흩어지며, 남은 것은 단 하나—지금 이 뜨거운 중심에서 박동하는 실존의 미세한 흔들림.

음이 꺼지자 더 큰 침묵이 열린다. 그 안에서 나는 미처 이름 붙이지 못한 나의 조각들을 더듬는다. 폭풍은 지나갔으나, 그 여진이 은밀히 내 안에서 형태를 바꾸며 남는다. 마침내, 나는 조금 다른 나의 결을 손끝으로 만진다.

바다의 눈물

바다는 아직 숨을 고르고,
모래 위엔 파도보다 먼저 도착한
투명 컵의 입구, 뒤엉킨 그물,
깨진 병의 은빛 파편이
낡은 기억처럼 흩어져 있습니다.
그 가운데 누운 어린 고래는
울음의 끝자락만 남긴 채
바다를 향해 조용한 틈 하나 열어둡니다.
붉은 쓰레기 조각들이
별 대신 그 몸을 물들일 때,
파도는 다가와도
데려갈 힘을 잃은 듯 머뭅니다.
말 없는 풍경.
여기저기 드러난 민낯
우리가 버린 것들이
우리가 잃어가는 것의 얼굴이라는 것.
바다는 그 침묵을 품고
또 한 번, 눈물 같은 파문만 남깁니다.

플로우(flow)

보이지 않는 결마다
세계는 미세한 숨결로 흔들리고,
그 흔들림 사이로
내 마음 또한 한 줄기 물빛 길을 찾는다.
멈추려 하면 멈출 수 없고
잡으려 하면 흩어지는 것
그러나 흘러가며 비로소
자신의 모양을 갖추는 것.
나는 그 이름을
플로우라 부른다.
어둠 속에서도 굽이쳐 흐르는
내면의 강,
그 강이 스스로 빛을 품어
시간의 벽을 미끄러질 때.
나는 비로소 나를 잊고
어떤 더 깊은 나를 만난다.
흐름은 목적지가 아니라
살아 있다는 증명.

멈춤과 움직임이 맞물려
새로운 의미를 빚어내는
보이지 않는 조율.
그리고 오늘,
조용히 귀 기울이면
당신 안에도
지금 막 시작되는 흐름의 첫 파동이
살며시 반짝이고 있다.

빗자루

창고의 어둠 속에서
빗자루가 가볍게 떨릴 때,
나는 흩어진 세계가 다시
모여드는 소리를 들었다.
빗자루의 일은 단지 먼지를 밀어내는 것이 아니라,
흩어짐을 두려워한 마음에 조용한
질서를 돌려주는 일이었다.
드러나지 않는 자리에서 꾸준히 이어지는
그 스침은, 우리 삶에서 누군가의 작은 배려가
가져오는 회복과 닮아 있었다.
그렇게 빗자루는 사물의 모양을 빌린
평온의 은유가 된다. 세상을 바꾸는 힘은
언제나 큰 소란이 아닌, 부드러운
쓸어냄에서 시작된다는 사실을 조용히 일깨우며.

기타 협주곡

기억의 표면에 가만 손을 얹듯 현을 스치면, 오래 잠들어 있던 먼지가 은빛으로 흩어졌다. 타오르다 남은 하루의 잔불들이 소리의 결을 따라 천천히 깨어나고, 단단히 묶어두었던 슬픔은 미세한 입김처럼 풀려나와 한 올씩 제 형태를 되찾았다. 그 부드러운 진동에 주저하던 마음은 빛의 방향을 따라 조금씩 기울고, 마침내 울음을 비추는 투명한 떨림 속으로 스스로를 내어주었다. 곡마다 다른 숨결이 파문처럼 번져와 내 어둠을 살짝 들어 올릴 때, 나는 그 잔잔한 울림이 어떻게 나를 다시 일으키는지 비로소 알게 된다. 음악은 손길이 없는데도 마음의 가장 깊은 층을 쓸어내고, 아무 말 없이도 생의 균형을 다시 세우는 조용한 기적임을.

무인도

바람 한 줄기조차 이름을 잃은 저 먼 곳,
나는 때때로 현실의 잿빛을 털어내고
혼자만의 섬을 마음속에 그려본다.
그곳엔 달력도 없고, 누구의 발자국도 남지 않는다.
파도는 오래된 자장가처럼 모래를 쓰다듬고,
해는 조용히 떠올라
세상에 남겨둔 책임과 무게를 씻어낸다.
나는 그 해변에 앉아
아무도 묻지 않는 질문을 내게 던진다.
"오늘은 무엇을 견뎌야 하지?"
그러면 섬의 숲은 잎사귀를 흔들며
마치 이렇게 대답하는 듯하다.
"여기서는 그럴 필요가 없어."
그 말에 마음은 천천히 풀린다.
등 뒤에서 무겁게 달라붙던 세속의 손길들이
물거품처럼 흩어지며 사라진다.
아득히 고요한 햇빛 아래
나는 나를 다시 만난다.

그 섬은 실재하지 않지만,
하루의 가장 지친 순간마다
그곳은 나를 살리는 숨이 된다.
세상에서 잠시 벗어나
내 영혼 하나만 남는 자리.
그리고 다시 돌아올 때,
나는 알 수 있다.
무인도는 도피처가 아니라,
현실을 견딜힘을 건네는
보이지 않는 내 안의 작은 별이라는 것을.

소금

잠든 바람 곁에서
별 가루 몇 알이 먼저 깨어
혀끝에 부딪히자
죽은 말들이 물고기가 된다.
소금은 이름도 없이
금 간 시간의 틈을 드나들고,
눈물 자국 위에
하얀 새 한 마리씩 꽂아 둔다.
해변의 폐허에서
파도는 엘리베이터처럼 오르내리고
발자국마다 세워진 소금 기둥은
휘몰아치는 태풍에 무너진다.
한 알의 소금이 떨어지면
투명한 사다리가 잠깐 떠오르고
사라진 얼굴들이
빛을 훔쳐 달아난다.
사금파리 위 흩어진 소금,
잘게 부서진 은하수.

당신의 하루와
나의 이야기는
그 틈을 스친 유성 두 개,
아무 말 없이
같은 물에 녹아든다.

사유의 빛, 그 고요의 윤리와 내면의 미학

1. '묵음(黙音)의 서정'이 구축하는 독특한 세계

이 시집이 보여주는 가장 두드러진 특징은 서정의 고요함을 감정의 회피가 아닌, 존재론적 사유의 방식으로 전환시키는 독창성이다. 이 시편들의 정서는 대체로 잦아든 음성, 낮은 물결, 침묵의 윤리에 가깝다. 그렇다고 그것이 무감각이나 무기력의 결과는 아니다. 오히려 시인은 모든 순간을 지나치게 설명하거나 드러내지 않음으로써, 언어의 여백을 감정의 실체가 스스로 드러날 수 있는 공간으로 제공한다.

이 시집의 언어는 '말해진 것'보다 '말해지는 순간의 떨림'에 가까우며, 바로 그 떨림이 독자에게 오래 머물고, 읽힌 후에도 천천히 번져 나온다. 이는 최근 한국 시단에서 비교적 드문 감정의 작업 방식으로, 시인이 구축한 고유한 미학적 태도로 평가할 수 있다.

2. 자연 이미지의 재구성, 존재론적 사유를 매개하는 매끄러운 장치

이 시집에서 자연은 단순한 배경이나 장식적 소재가 아니다. 자연물들은 시인의 내면세계와 일종의 상호적 시선(reciprocal gaze)을 형성하며, 감정과 사유의 구조를 재배치하는 도구로 작동한다.

여기서 말하는 자연은 로맨틱한 풍경으로 소비되는 심미적 대상이 아니라, 삶의 파편을 직조하는 내면의 거울에 가깝다.

붓꽃, 괭이밥, 남천, 금목서, 칸나 등 하나하나의 식물들은 고유한 존재 윤리를 지닌 듯 묘사된다. 꽃들은 상처를 은닉하는 방식이나 빛을 견디는 법을 스스로 알고 있는 존재처럼 등장하며, 시인은 그 존재성을 어린아이처럼 바라보는 대신, 조용한 존중과 대화의 위치에서 응시한다.

이러한 자연 이미지의 사용은 단순한 비유적 치환을 넘어, 내면의 구조를 사유하는 일종의 '생태적 사유 구조(eco-phenomenology)'를 완성한다. 자연을 사물적 대상으로 취급하는 태도에서 벗어나, 시인은 자연 속에서 자신의 윤리적 위치를 재정립하고, 그 결과 자연은 시적 감정의 배후에서 독자와 시인을 매개하는 매끄러운 장치로 기능한다.

3. 상처의 미학, 파열이 아니라 '지속'의 감각

이 시집에서 상처는 감정의 폭발이나 노출의 수단으로 등장하지 않는다. 오히려 그것은 삶을 구성하는 작은 지층이며, 시인은 그 지층을 조심스럽게 매만진다.

상처는 '극복'의 대상으로서 제시되지 않는다. 그것은 살아 있음의 흔적이며, 감정의 결을 이루는 재료이고, 시인의 존재가 형성된 배경이다. 중요한 것은 시인이 상처를 다루는 방식이다:

상처를 과장하지 않는다.

상처를 미화하지 않는다.

상처를 탈(脫) 개인화하지 않는다.

대신 상처는 '함께 들고 가야 하는 무게'로 남는다. 이는 '치유 서사'의 진부함을 피하고, 상처와 함께 지속되는 존재의 윤리를 구축한다. 시인은 절망을 고백하는 대신, 절망이 지나간 자리에서 남는 미세한 진동을 기록한다. 이러한 방식의 서정은 한국 현대시의 전통에서 상대적으로 드문데, 바로 그 점에서 이 시집은 차별적이다.

4. 기억과 가족, 사적 서정이 윤리적 서정으로
　　확장되는 과정

기억과 가족을 다룬 시편들은 이 시집에서 독보적인 윤리적 깊이를 형성한다.

「갓바위」, 「옛집」, 「언니의 이름」, 「백장미」 같은 작품에서 시인은 과거의 장면이나 가족의 특정 순간을 재현하는 데 집중하지 않는다. 대신, 기억을 이루는 사물의 미세한 떨림, 표정의 잔광, 대화의 여백, 시간의 틈을 파고든다.

이는 단순한 상실의 시학을 넘어, 기억의 윤리라고 이름 붙일 수 있는 구조를 만든다. 기억은 시인의 정체성을 구성하는 기초적 요소이면서 동시에 독자에게 현재의 의미를 묻는 끝없는 질문을 던진다.

이때 과거는 회고적 감정의 재료가 아니라, 현재를 다시 살아가게 하는 힘의 근원이 된다.

가족을 떠올리는 순간마다 드러나는 절제의 감정은 이 시집의 중요한 문학적 성과다. 과잉 감정의 서정이 아니라, 상실과 사랑 사이의 빈틈을 말로 건드리지 않고 남겨두는 방식이야말로 이 시집의 정수다.

5. 일상성과 노동의 미학, 반복의 세계에서 발견한
   존엄

　일상을 다루는 시편에서도 시인은 반복을 지루함의
구조로 만들지 않는다. 오히려 반복은 삶의 질감을 결
정하는 기초적 리듬이며, 노동은 존재의 근거가 된다.

　빨래를 널고, 작은 방을 정리하고, 하루를 견디는 몸
의 움직임들은 시 속에서 '평범함의 고결함'으로 다시
태어난다.

　시인은 이 일상의 행위들을 대단한 진리로 포장하지
않으면서도, 그것이 인간의 삶을 유지하는 사소하지만
견고한 뼈대임을 밝힌다.

　최근 한국 시단에서 '과도한 일상성'이 때로는 무력감
을 재현하는 장치로 사용되는 경향이 있으나, 이 시집
은 일상을 존엄의 흔적으로 되살린다는 점에서 독창적
이다. 반복적 행위는 삶을 소모하는 과정이 아니라, 삶
을 지켜내는 작은 기도가 된다.

6. 빛의 모티프, 희망의 장식이 아닌 '존재의 조건'

　이 시집을 관통하는 중요한 모티프는 '빛'이다. 여기
서 빛은 단순한 희망의 상징이 아니다. 빛은 흔들리며
나타나고, 미약하게 번지고, 때로는 사라지기도 한다.

즉, 빛은 존재가 견뎌내야 할 조건으로 제시된다. 이러한 빛의 이미지들은 시인의 사유가 '낙관적 희망'에 있지 않음을 보여준다. 대신 시인은 어둠과 빛 사이의 관계, 빛을 발견하기 전의 기척, 빛을 기다리는 몸의 감각을 기록한다.

빛은 존재의 근원적 진동이며, 그 진동은 자연·기억·상처·일상과 연결되면서 시집 전체의 물결을 결정한다. 이 빛의 구조는 시인의 세계관을 드러내는 핵심적 요소이자, 시집의 미학적 일관성을 구축하는 중심축이다.

7. 조용한 사유의 심연에서 길어 올린 '내면의 지도'

결론적으로, 이 시집은 세 가지 빛나는 미학적 성취를 이루어낸다.

첫째, 고요의 깊은 결을 언어로 옮겨내는 고유한 감각이다. 감정이 넘쳐흐르는 시대에, 시인은 오히려 절제와 침묵의 온도를 택함으로써 더 단단한 울림을 남긴다.

둘째, 자연과 기억, 상처와 일상, 그리고 빛을 섬세한 실처럼 이어 하나의 거대한 직조물을 만들어낸 통찰이다. 각 시편은 단독으로도 또렷하지만, 전체를 바라보면 한 권의 '사유 지도'가 천천히 펼쳐지는 듯한 흐름을 이룬다.

셋째, 감정의 진정성과 윤리적 태도를 동시에 품은 균형감이다. 시인은 독자에게 특정한 느낌을 강요하지 않으며, 대신 각자의 내면이 스스로 감정을 다시 짜 넣을 수 있는 넉넉한 여백을 남겨둔다.

8. 이 시집이 우리에게 남기는 것

이 시집은 독자에게 세계를 화려하게 재해석하라고 요구하지 않는다. 오히려 아주 조용한 목소리로, 삶의 가장 얇은 결에서 들려오는 작은 떨림을 느껴보라고 권한다.

그 떨림은 사라진 감정의 잔향이기도 하고, 아직 언어가 되지 않은 슬픔의 그림자이기도 하며, 오래 묵은 상처를 비추는 미약한 빛이기도 하다.

시인은 흩어져 있던 감정의 결을 조심스레 포획해 하나의 언어적 지층으로 눌러 쌓았고, 그렇게 완성된 이 시집은 한 개인의 자전적 기록을 넘어, 오늘을 살아가는 이들의 내면 풍경을 은근히 재배치하는 새로운 감정의 지형도로 자리 잡는다.

결국 이 시집은 독자에게 아주 조용히 말을 건넨다. 삶은 종종 흐릿하고, 그 흐릿함은 때로 우리를 멈춰 세우지만, 그 안에서도 여전히 빛은 스며든다고. 그 빛은 처음엔 시집의 문장들 사이에서 가느다란 흔들림으로 모습을 드러내고, 독자의 마음 깊은 곳에 닿으며 비로소 다른 형태의 빛으로 다시 태어난다.

이 빛의 변모는 마치 오래된 사유가 새로이 숨결을 얻는 순간처럼, 각자의 내면에서 고요히 이어질 것이다.

이도은

문암출판사 시집

푸른 섬, 하나 떠 있는

ⓒ김혜원 시집 2025

1판 1쇄 2025. 12. 18. 발행

지은이 ∣ 김혜원

펴낸곳 문암출판사 ∣ 펴낸이 염성철

출판등록 ∣ 제2021-000079호
주소 ∣ 경기도 고양특례시 일산서구 산현로 92번길 42
출판부 ∣ 031-911-1137
E-mail ∣ bookrock53@naver.com
ISBN ∣ 979-11-994283-5-5 (03810)